나는   이별수를 타고 나서
세상 모든 것과
만나자 마자   이별을 한다고 합니다.
우리의   인연이   이어져 가는 것은
모두 당신의 '덕' 입니다.
고맙습니다.

이용로.

꽃 진 자리 모로 눕다

꽃 진 자리 모로 눕다

양선 시집

매혹시편

2

북치는소년

제2부 · 유폐된 시간

제3부 · 홀로 있는 풍경

제4부 · 신파극처럼

제1부
나와 '나'

영원하라*

내일 아침 일찍 일어나
모터사이클을 타고
가능하면 멀리 떠날 거야

무너진 집터 굴뚝에 앉아 있거나
장난삼아 짖는 개 한 마리를 물끄러미 볼 거야
바람이 해 질 녘을 알려 줄 때면
휘파람 부는 법을 잊지 않도록 길게 불어 볼 거야

달빛에 달리자면 울고 싶어질 수도 있겠지
길이 아닌 곳을 지날 때는 원망도 할 거야
그러나 의심하진 말아 줘
다만 투정일 뿐

내 혈통이 물었지
뜨겁게 살지 못해도 좋으냐고

매일 죽어 가면서 살아간다고 말하는 그대

한 번도 가 본 적 없는 지도를 향해
짐도 없이 떠날 거야
돌아오지는 못할 거야.

*Hasta la victoria siempre("승리의 그날까지 영원하라!").

부엉이

　　　　　　　　　　는 아무렇지 않게　어쩌면
　　　　　　　　　심사숙고 앉아　아마도
무시당할 대로 무시당한 대낮쯤은 버려두고
혼자만의 도시를 만들 생각에 멈춰 선 곳 밤　그래서
　　　　　　　　달빛에 제 몸이 빛난다고　가끔은
뒤를 돌아보는 일에 연연하지 않기에

다만 스스로를 유폐시킨 날들이었다

잊지는 않았다
모욕을 사려 깊게 참아 냈을 뿐
어둠이 두려워 돌아간 자들이 듣도록
혼자 제 이름을
크고 강한 날개를 접어 모으고
가능하면 겸손하게
우아하게
의뭉하게

나는 부엉이를 좋아한다
그러나 한번도 본 적이 없다.

과거는 흘러갔다

첫사랑이 사 준 『나의 칼 나의 피』에는
김남주가 살아 있다 46년생이라고 남민전 사건으로
복역 중이라고
그런 줄 알았지
수정되지 못한 연보를 읽으며
시간이 흘러도 유효한 것들이 있다고 믿고 싶었다
그러나
과거 속에는
명동 성당 앞에서
잡은 손 놓친 뒤 연락 끊긴 친구처럼 잊혀진 한 시절
희미함과
과거 속에는
어느 날
문득
갑자기
무기를 놓아 버린 싸움이 있다
어쩌면 내 과거는 미래로 건너뛰려했던 무모한 시도
추락의 혈흔
아마도 내 과거는 함께 살았으나

각자 한 시대를 보낸 사람들의 부음의 징표
이제 관 뚜껑을 닫고 인정한다
우리는 과거 있는 사람들이라고

머릿속 그림

아리엘*을 읽으면 어떤 사람이 떠오른다
마르고 그을린 사내
수년 간 버린 적 없는 근심으로 눈이 좀 나온 여인
사내는 몸을 따라 함께 수척해지지 않는 옷을 입었
기에
소매와 바지통이 너무 넓다
빗지도 않은 머리에서 모자를 끌어내려
두 손으로 만지작거린다
겁먹은 두 눈엔 이제 물기가 없다
여인은 좀 더 강하다
남은 가족을 위해 식탁을 차리고 나왔을 것이기에
앞치마를 걸치고
손엔 한 송이 국화가 준비돼 있다
(너무 비싼 그 국화꽃 말이다)
여인은 아직 울 수 있다
그러나 목은 쉬어 있다
그들은 너무 많은 탄원서를 냈고
여러 관청을 돌아다녔으며
자신의 가족만이 아니라

다른 사람을 위해서도 기도를 했다
이제 그들에게 적개심이나 증오심은 보이지 않는다
다만 갑자기 찬물 세례를 받은 사람처럼
당황하고 근심할 뿐이다
그리고 오랜 기다림과 고통을 겪은 사람답게
담담하고 흔들리지 않는다

나는 왜 이런 그림을 그리지 않는가

*칠레 시인

니체에게

그 겨울 칩거는 그의 머리카락을 자라게 했네
읽은 책만큼 여위었으며
사색은 그를 창백하게 만들었네
푸른 옷자락 날리며 세상 앞에 섰을 때
더 이상 예언할 것이 없음을
단죄할 것 전망할 것도 남지 않았음을

참고 견딘 고독과 맞서 싸운 환상은 그만의 것
세상에 돌 하나 던질 힘 남지 않았네

비집고 솟는 새순과
얼음 밑 숨죽이던 냇물만
여전한 세월이었네

무엇이었나 면벽의 사색은
무엇이었나 죽음 같던 침묵은

이제 우리가 그에게 이렇게 말하네
견디는 거라고

오래 살아남았다가 싫다*고 말하는 거라고

*브레히트의 「코이너씨 이야기」에서

박쥐는 박쥐다

새가 물었다
당당하고 평화로운 눈이었다
"내 친구가 돼 줄래?"
단호하다 나는 새가 아니다
너무 훤한 창공을 날거나
아침 이슬을 털며
나뭇가지 사이를 누비고 다닐 수는 없다

쥐가 물었다
고요하고 자유로운 목소리였다
"친구가 돼 주렴"
단호하다 나는 새가 아니다
그렇다고 쥐의 친구가 될 순 없다
너무 어둔 땅속을 헤매거나
밤이슬에 젖어
나무뿌리 사이를 파헤칠 순 없다

모두 내가 누군지 자꾸 묻는다
나는 생각하고

생각하고
생각한다
오래 생각만 하므로
모두 마음 놓고

나를 버린다

내 영혼은 어둡다*

어둠은 기억조차 한꺼풀 옷을 입힌다
그 속에서 나는 당신과 구분되지 않는다
생생한 혼몽
담벼락에 기대
입맞춤한 건 어둠이 꾸었던 꿈
그때 당신이 운 것을 나는
기억하지 못한다
내가 유행가처럼 예감한 것도
어둠은 돌보지 않았다
아무 데나 나를 내던지던 자학조차
애매한 해몽
어둠은 모든 것에
적당한 망각을 덮어 놓는다

*바이런의 시

소혜素蹊

이 길은 숲을 가로질러 등굣길
아이들 발자국만큼만 생긴 하얀 길
비 그친 다음날 연필 굵기 지렁이 보고
제일 앞에 아이가 펄쩍 뛰면
다음 녀석 꺅 소리 지르고
뒤따라오던 변성기 발 쓱쓱 밀어
여자애들 길 터주던 것도 이 길 중간쯤
어른은 좀처럼 다니지 않아
방학이면 햇살도 심심해 하고
토끼풀도 엉겅퀴도 슬금슬금 하얀 길을 덮는 길
내 지도에서 사라진 길

안부를 묻다

동전 떨어지는 소리 그대로 들리던 공중전화
내 노래의 전부
우주가 끝나도 사라지지 않을 찰라

연락할 길조차 없는데
한 번에 알아볼 자신이 없는데

해 뜨고 별 지는 모두
당신을 향하던 순간이었기에

가위

떠나지 못한다
신분증이 없어졌거나
버스를 놓친다
길을 잃기도 하고
짐 챙기는 틈에 일행이 사라질 때도 있다
숨바꼭질하던 개구멍까지 생생한 골목길에서
운다 나는 여섯 살 계집애
발을 동동 구르고
엄마를 찾고
계단 오르는 법을 잊기도 한다
매표소는 닫혀 있고
행선지가 어디냐고 다그치는 목소리 서슬 퍼런데
비는 계속 내리고
트럭 바퀴는 진흙탕에 빠지고
주머니에서 유리구슬이 쏟아지고
운다 나는 마흔 살 계집애
물방울 치마에 흰 타이즈를 신고
아직 돌아오지 않았다

낡아 가는 중

그만 돌아오라고 기별이 온다
늘 가던 술집에서 긴 술자리 끝내지 않았으니
이제 와 함께하라고 한다
친구들이 그리워 돌아가고 싶지만
내가 떠난 길은 일방통행
다만 편도였다
나는 모른다 이 길이 어디를 향하는지
모른다 나는 어디로 가는지
하지만 친구들
돌아가지 않겠다
고립을 자초하여 시들고 싶다

나 이렇게 이쁜데

논 지나 옥수수 여무는 밭도 한참 지나
자갈 거친 양지에 혼자 사네
철없는 짐승 찾아오지도 않고
구름이나 보면서 별이나 보면서
혼자 산 기억만 오래라네
머리맡 어지럽게 무성한 잡풀 사이로
이제 길도 없이 후미진 터
나 이렇게 이쁜데
찾아오는 사람 하나 없네

전갈자리

당신을 안는다
나는 착해진다
가시를 걷어 낸다
붉은 독을 핥아 낸다

당신을 안는다
내가 가장 가엾던 기억
나 드디어 여린 풀이 된다
물결대로 몸 맡기는 해초가 된다
저항 없이 흩어지는 꽃잎이 된다

당신이 날 안는다
더 이상 독하게 살지 않겠다
똬리를 푼다
기억하고 있다는 걸 기억하던 시간을 놓아준다
두려움 없이
노여움 없이

민달팽이

달팽이 하나가 테라스를 기어간다
뿔을 세우고 온몸으로 바닥을 밀며
맹렬히 시속 0.05킬로
며칠째 비가 멈추지 않는 바깥을 향해
타일 바닥에서 온기를 느끼며 냉기를 참으며
전진한다
집을 잃고 썩썩 문대는 몸은
시속 20킬로 100킬로
어지러운 속력에 몇 번이고 멈추어 숨을 고르며

나는 바다로 가는 게 아니에요

제2부
유폐된 시간

천장天葬

분명 내 生 중 한번은
그곳의 원주민이었을 것이기에 그리하여
바람과 색색이 날리는 깃발이
늘 그리운 것이기에
그 산에서 죽었으면 해요

나를 떠올릴 만한 것은 모두 태우고
추억해 줄 아무에게도 알리지 않고
바람 가장 세찬 날
육신을 갈라
골짜기 산등성이 어디든
흩뿌려지게

독수리나 까마귀
영혼을 조각내 날려 줄 수 있다면

이번이 마지막이 되도록
그 산으로 떠나려 해요

수많은 生 중 단 한번

사랑받고

나

가요

닿는 것, 스치는 것, 고향의

긴한 볼일이 있어서
생계에 관련된 업무가 남아서
꼭 만나야 할 사람이 있어서
혹은 시간이 남아돌아서
가 아니라 나를 유예하기 위해서다
개학 전날 쓰는 밀린 일기같이
미루고 미뤄 두다가
부모의 유골을 묻은 타국처럼
먼저 가 있는 마음을 따라
하는 수 없이 몸이 움직여서다
슬쩍 들춰 보기만 해도
철 지난 수숫대가 쿡쿡 찔러 대는
용서해야 할 일들이 집 지키고 있는
유년의 기억이 찬란히 아파 오는 곳
고향이 빚이 될 수 있는 걸 설명하고 싶지는 않다
막차를 타는 것은

겨울밤

이렇게 추운 밤 눈도 오지 않고
또 나는 혼자 누워 있다
티브이 채널을 돌려보다가 천장을 물끄러미 보다가
속으로 노래를 불러 보다가
뒤척여도 잠은 오지 않는다
서른이 넘도록 나는
통장 잔고도 없고
몸 뉘일 방 한 칸 없이 친구에게 얹혀살고
사랑하던 남자는 눈웃음 예쁜 여자의 남편이 됐는데
서른이 넘도록
사막을 헤매는 꿈이나 꾸면서
배낭 하나 메고 떠나는 꿈만 꾸면서
바람같이 사는 건 어떤 걸까 바람은 상처가 없을까
끝낼 수 없는 고민을 한다
적당히 타협해 본 적 없는 건 치명적 실수
추위는 벽을 넘지 못하고
방 안은 따듯하건만
지도를 펴 숨을 곳을 찾는다
서른이 넘도록

익명으로 전환

2001년 3월 4일부터였다
정확히는 오후 5시 2분
햇빛에 슬쩍 날개가 반짝이며
하얀 배를 처음 본 순간이었다
돌아오는 것은 중요하지 않았다
날렵한 육중함을 숨기지 않고
이제 막 시작되는 노을빛을 받아
내 속에서 성숙해 가던
숙련되던
숙성한
소음이 심장을 파고들었다

더 길게 부재였어야 했다

끝나지 않는 산책

밤새 내려도 눈은 쌓이지 않고
가끔 걸음 멈추고 허리 숙여 우는 산책길
찾는 것은 다만
불빛 따숩게 새 나오는 지붕 낮은 집
무릎 맞닿는 밥상이나 높이 다른 베개처럼
아무럴 것 없이 살아가는 것
그리 분에 넘쳤나
가로등 불빛 아래로 눈발은
전장에 나선 병사처럼 와 하고 쏟아지는데
왜 눈 오는 밤은 이리 고요할까
혼자 잠 못 들고
돌아갈 생각 없이 헤매는 산책길

진술서

복권을 샀다
분명히 그랬다 증거도 있다
《겨울 나무에서 봄 나무에로》사이에

추첨일: 1998년 10월 30일
지급 기한: 2008년 10월 30일

그때 일확천금을 꿈꾸고 있었나
2018년 10월 30일 지금도 똑같이
인생의 반전을 기대하다니

저지르는 용기는 없지만 내지르는
관대하지도 못하면서 나태하기만 한
청춘을 탕진하고도 종교조차 갖지 않는
인생 역전보다 비명횡사가 더 인간답다는 걸
이제 인정한다

부음

수염이 나기 시작한 상주와 맞절을 하고
그믐달 같은 아내와 손을 맞잡고
소리 없는 곡을 한다

언제나 챙겨 다니던 검은 넥타이만 맨 채
서둘러 모이는
한때는 동지
때론 적
어쨌든 지금은 전우
다행히 다시 만나 반가운 안부를 나눈다

술잔을 돌리고
추억을 들추고
무용담은 점점 신화가 되고
밤은 깊어 가고
계속 깊어 가고
장례식장 불빛은 늘 침침하여
아무도 집으로 돌아가거나 잠들지 않는다

오랜만에 한자리에 모이게 했다
내 첫사랑

나는 가장 야한 속옷을 입고 갔다

때 이른 매장

기껏 조용해진 밤이 돼서야
발끝으로 세상을 걷는다
아무와 마주치지 않을 자신 있게
진정 조심스럽게
내게도 어쩌면
당당히 세상과 만나려는
시도가 있었노라
지배하거나 위압하는 산맥을 향해 내닫던
의지도 있었노라

세월 흘러
눈물 없이 강 건너는 팔레스타인 여인처럼
땅속에 묻히고 난 후
버림받은 가로등만이 줄지은 거리를
밤 깊어 걷는다
아무도 깨지 않도록
누구의 잠도 방해하지 않도록
탓하지 마라
내가 밤마다 찬 기운 흩뜨리며 걷는 것은

그날 약속을 지키지 못해
아직 날 기다리는 당신 때문이다

우수, 아이아*

길이 이어졌다고 끝이 아닐까
더는 갈 데 없는 사람들끼리 등 기댄다
기대고 앉아 나 옛날에
이런 얘기 드문드문 한다
말 끊어진 자리
더 많은 얘기한다
주억거린다
우리 아무도 상처받은 적 없다.

*아르헨티나 세상의 끝

어디 외딴 어촌에서

하룻밤 묵으며
짜고 매운 갈칫국을 먹는다
어긋난 문틈으로 들이치는 바람
밥상으로 쏟아지는 머리카락

자르고 올걸 그랬어
긴 머리 추스르며
외풍 센 벽에 기대 듣는 모두가
발소리

기다림은 먼 데까지
함께 와 눕는다

첫사랑 그 가수는 어디서 나처럼 늙어갈까

한때 그도 나도 청춘이었다
미사리 카페에 걸개 사진

왜 그 시절엔 믿지 못했나
지나간 날이 그리워질 거라고

너를 마지막으로 나의 청춘은 끝이 났다

대포항의 먼 새벽

당신을 품에 안고
잠 재운다

바다 위로 떨어지는 눈발
머뭇거림 없이 온몸으로
바람은 거세지도 조용하지도 않다

바다로 가지 않은 배 몇 척
저들끼리 어깨 부딪는다
상처 난 몸끼리 비벼서야

당신에게서 돌아눕는다
육신의 흰 굴곡이 안고 있는

눈발이 바다로 녹아들어
파도는 조금씩 거세지고
세상에서 가장 지친 당신은
오징어배가 돌아오도록 깨어나지 않는다

금등지사金縢之詞
- 장헌莊獻의 마지막 밤

비가 오지 않았다 비 내리지 않는 밤 깨어나는 것
은 외로운 일이다 태초부터 그랬듯 잠은 아직 몸에 올
라타 있다 끈적한 잠이 머리채를 잡는데 그럴수록 의
식은 뚜렷이 떠올라 징처럼 울려 대고 내 귀로 심장
박동을 듣게 하고 뼈마디가 쑤시고

내 속에선 나 혼자 연좌한다

세상은 평안히 잠들었다
고통을 무시하며 사는 법을 터득했는지도 모른다
사람은 모질거나 무감동한데
그도 저도 아니어서 밤에 깨어나는 일이 잦아지면
세상에 편입하지 못하는 건 아닐까
밤만 되면 나를 의심하게 된다
그럴 때면 손끝이 저려 온다

나는 내가 불쌍하다

돌아눕는다 모로 눕는 것은 외로운 일이다 어슴푸

레한 빛에 손가락을 비춰본다 어둠 속에서 손가락을
보면 아직 살아 있다고 안도한다 아무것도 확신하지
않는 불감이 이끼로 덮이고 그럴수록 잡히지 않는 무
엇인가 찾아 정착할 수도 떠날 수도 없는 나는 나를
연민하고 싶다 내 안에 갇혀 위로하고 싶다

제3부
홀로 있는 풍경

매미 울음 듣네

잠에서 깨어나 울어 본 일 있는가
애타게 무엇을 찾아
미처 다 채우지 못한 시간을
모두 잠든 깊은 새벽 깨어나
온 몸으로 울어 본 적 있는가

구름은 낮고 바람 한 점 없는 열대야

잠자리는 언제나 불안하고
짐 풀어 본 적 없는 망명자 되어
깊은 잠 잔 적 없는
일주일의 목숨

가로등에 기대 울어 본 적 있는가
그 가장 어둔 곳에서 누군가를 기다려 본 적 있는가

빈집

사람이 살지 않는 집은
비만 한 번 내려도
뭐 아쉬울 것 있냐는 듯
내려앉는다
아이가 태어난 적 있는
노인이 숨 거둔 적 있는
둔덕 밑의 집은
바람만 슬쩍 불어도
허물어져 간다
어디로 갔나 등 넓은 사람
햇살 쬐는 마루 끝에서
머리 빗던 너
놀 받고 밥 냄새 나던 굴뚝도
세월이 갈수록 기울고 있으니
이제 아무도 살지 않는 집은
한꺼번에 무너져도 될 걸
천천히 몸 뉘인다

야간 등반

능선은 이미 해를 등지고 있어
서로 허리를 베고 누운 그림자가 가르는 건
어둠과 아직 남아 있는 빛의 꼬리
우리 한 걸음씩 높은 데로 향할 때
아우성치는 핏줄과 광폭한 심장을 향해
마음 놓고 바람을 탓하고
한탄한다

왜 다는 말하지 말라고 하는가
왜 전부를 얘기했다고 믿어 버리는가

꼭대기에 앉아 있으면 발아래 산등성이
길게 엎드린 야수 같은데
포효할까 말까 생각 중인 짐승 같은데

우기

비를 맞으러 가지
우산 없이
비는 머리를 적시고
옷을 적시고
피부로 스며들어
혈관을 타고 가슴으로 모이지
그리고는 종유석처럼 더 깊은 곳으로
떨어지는 거야
피아노 같은 울림도 내고
상처의 골짜기로 스며들고
분노의 언덕을 식히고
부끄러움의 들판을 지나며
가슴에선 11월 서리가 피어올라

비 맞아 본 사람은 이제 기도를 할 수 있지

실없는 기약

진해 불국사 경포대 쌍계사
윤중로나 하다못해 동네 산책로마다
벚꽃은 피어 있다

에라 모르겠다 내던지듯
그래 어쩔래 번지듯

자포자기한 미덕
눈부신 수선스러움이여

일제히 펴댔으니
한꺼번에 져 주리라
바람만 불어도 후두둑 떨어지리라

간다 한세상 잘 웃다가
함께 봄날도 간다

인도 가는 길

오토바이 한 대가 무시무시한 속도로 옆을 스쳐 간다
하마터면 치일 뻔했잖아

오토바이가 달리고
차가 덮치기도 하고
9층쯤에서 화분이 떨어진 일도 있다는 여기는 인도人道
그 많은 죽음의 기회를 건너
산 자가 죽은 자의 밥을 먹는 인도印度로 떠난다

만날 수 있을까 갠지스에서
찾지 못한 스틱스styx와의 약속

            ·

죽지 못해 산다고 하는 우리 모두는
죽고 싶은 게 아니다
살고 싶지 않을 뿐
다들 한번쯤은
세상이 망해 버리기를 바랐던 적이 있지 않은가

할매 바람

사월이 오면
가장자리 둘러앉았던 푸른 것이
제 몸에 바람 끼얹어 짙어 가고

사월이 오면
피던 것이 그러길 멈추고 막 져 가고
곁에서 새로 뭔가 펴 보려 하고

사월이 오면
먼 산발치부터 여린 것이
등선 타고 중턱으로 뛰어올라

사월만 오면
천지사방 싸돌아댕겨도
몸 안 아프고

산등성이엔 빈 나무가 아름답다

언제나 두려운 게 경계였지만
늘 그리운 것도 경계였다
한 번도 중심인 적 없었다는 긍지
바닷가 스티로폼처럼
밀려가지도 밀려오지도 못하고
부유하며 살아온 것이
부끄러운 것이 아니라는 뜻이다
(혹은 절망적이다)
멀어지려 해도
다가서는 산등성이
잡아 보려 해도
먼저 등 돌리는 산등성이

꿈속의 잠

산등성이 노을 덮으며
묻네 내 당신이었을까
숲 그늘 팔 저어 새 쫓는 시간이 묻네
만날 수 있을까 우리
다시 만날 수 있을까
어둠은 차창 밖 홀로 서늘한데
마른나무 몸 떨며
잘 가라 하네
가서는 부디 안녕하라 하네

허나 외딴 산골 문 안 잠근 꿈속에도
찬비는 내리더라

갈 때보다 오는 길이 가까운 것은
다시 만나자는 약속이었네

혼자 사는 집

가끔 화초에게 말을 건다 집안에 생명 있는 거라곤 그것뿐인데 며칠씩 거들떠보지도 않다가 늦은 밤 갑자기 물을 쏟아 부어 잠을 깨우는 것이 탐탁지 않은지 늘 새초롬하다 시계에게도 말을 걸어 본다 움직이는 것이 섬뜩하게 반가울 때가 있다 텔레비전은 내 얘기 들으려 하지 않는다 일방적인 것은 참을 수 없다 거울 앞에서 몇 시간씩 서 있기도 한다 우린 어쩜 이렇게 낯설지 그런데 왜 닮은 거야 밤늦어도 잠들지는 않는다 전화를 기다려야한다 진짜 목소리와 얘기해야 한다 진짜들은 냄새가 있다 그게 치명적인 걸 알고 있지만 원래 잔인할수록 유혹적이다 그런 맥락에서 모든 관계는 혐의가 짙다 친구 한 명은 자다 깨서 여기저기 전화를 했는데 그만 자라는 말에 목을 맸다 영원히 자라는 말이 아니었는데 누군가 전화 걸어오면 숨소리 담배 내뿜는 소리에 귀 기울여 줘야지 전화기를 안고 잠자리에 든다 아침에 깼을 때 무슨 소리 들렸으면 변기 물 내리는 소리 슬리퍼 끄는 소리 그런 무슨 소리 들렸으면 생선 굽는 냄새 아무 냄새라도 좋고 누가 날 깨워 줬으면 아니 깨어나지 말았으며

마른 기억

그녀가 밥을 차린다
언제나처럼 보자마자 끼니부터 챙긴다
사랑이 떠난 겨울
열패의 세상살이
밥 한 그릇 푹푹 말아 때론 썩썩 비벼서
눈물을 닦아주던
안쓰러운 큰 키

그리운 사람은 언제나 먼저 떠나고
수천 년의 기억을 주억거리며
그녀의 마지막 밥을 먹는다

조금은 마른밥
육개장 한 그릇

남아 있는 불빛

차창 가까이 내 얼굴이
그 너머 어둠으론 불빛이
두고 온 기찻길처럼
따라오지 않는 마음이여
품을 줄만 알았지 거둘 줄 모르는
사내 잠든 등을 쓸어 보고
떠나온 포구

한결같은 것은 아무것도 없는 달*

예감이 예감으로 끝나길 얼마나 바라던가
그러고도 사실인 걸 확인한 후에야
남은 상처마저 뒤집어쓰는
남루함이여
우우
위안되지 않는 마음의 경사
그 비탈에 싹 틔우느라
오늘 눈 내리네

*아라파호족은 3월을 그렇게 불렀다.

달의 뒷면

보이는 것만 믿는 것보다
보이지 않는 것을 의심하는 게
더 슬프다
배경이 푸를수록 어두워지는 육신

피 흘리는 자릴 아파하는 것보다
아문 상처를 들여다보는 게
더 처절하다
주변이 밝을수록 흐려지는 영혼

사랑은 시들하고
삶은 지겨워졌다

제4부
신파극처럼

천년-052309-폭설

1

눈은 격렬하다 냉정하다 초연하다
투신하는 열사처럼 장엄하기까지 하다
눈은 그냥 죽지 않는다
물기 없는 곳에서는 서로의 주검으로 연대한다
먼저 것 위에 적체되어 시위한다

2

도시로 통하는 모든 길은 마비되었다
공무원들은 이제 출근하지 않는다
지하 주차장에 들어가지 못한 차들은 투항했다
노약자는 쉽게 미끄러지지 못했고
임산부는 해산하지 않았다
모두 각자의 방에 고립되었다

3

눈은 그치지 않는다
기세등등하다가 잠깐씩 소강상태를 보일 뿐
그것은 점차 무력감을 주기 위한 작전이었다고
사람들은 희망을 놓아 버렸다
그래도 아이들은 눈 구경을 하기 위해 높은 곳에 오
르곤 했다

4

언젠가 해가 날거라는 예언을 기억하는 청년은 아
직 집에 가지 않고 혼자 눈을 치웠다

나는 그 청년을 믿지 못했다

부정한 남자

그래서 달빛도 없이 바람도 없이 남자의 손을 잡고 그늘로 갔네 그는 친구의 남자 열대야로 취기가 출렁거렸지만 상관하지 않았네 상관없었네 시간을 알려주는 거라곤 소나기 내리기 전 습기 냄새 뿐 달조차 없는데도 따듯한 물에 몸을 담근 것처럼 남자의 숨소리는 멀고 조용했네 내 손길도 차마 닿지 않는 내 몸으로 남자의 흔적이 지날 때마다 바다에 해가 풀어지듯 마음 먼저 붉어져 갔네 남자의 무게와 낯선 향취와 먼 논 개구리 울음과 눈앞으로 지나가던 별똥별 남자는 내가 얼마나 부드럽고 따듯한지 말하지 않았네 작은 새를 손바닥에 쥐고 있는 것 같다고도 말하지 않았기에 우리가 알게 된 지는 이십팔 개월 육 일 되었고 서른 번을 만났다는 말은 전하지 않았네 어쨌든 그는 친구의 애인이었고 하여튼 나는 상관없었네 그의 부정을 말하지 않은 건 순전히 그 이유였다네

풍크툼

뽀족한 도구에 찔릴 때 생기는 상처
명쾌하게 설명할 수 없는 돌발적인 아픔
나에게만 존재하는 경험적 느낌

남자의 수화기 너머
여자는 애원한다
한번 만나자고 할 말 있다고
할 말이 있어 본 사람은 안다
보고 싶다는 뜻이다
여자는 울 것이다

아무것도 아닌 풍경화

거리는 청명함으로 쓸쓸함을
덮어 내곤 했다
그렇게 햇빛 쏟아지는 한낮에
구두를 벗은 사람은 없었다
쇼윈도 마네킹은 한 계절 앞서 옷을 입었고
낙엽 색깔 화장을 한 남자들이
줄지어 신호등을 건넜다
가끔은 비도 내렸다
그런 날 거리에 나가는 것은 금기였으므로
방 한가운데 앉아 있으면 비는 더욱 가까이 내렸다
회색은 제 색을 지탱하느라 애썼지만
검은색은 회색을 닮아 갔고
도시의 소음도 대체로 그런 빛깔을 유지했다
아무도 소리 내 웃지 않았으므로
소리 죽여 울 필요는 없었다
10월과 12월은 간극이 컸고
5월은 쉽게 용서됐지만
남아 있는 달들은 가슴 졸이며 차례를 기다리는
행려병자 같았다

서로는 아무렇지 않았고
가끔
젊은 여자들만이
말없이 떠나가기도 했다

다시 이름 없는 여인이 되어

슬프다
고 써놓고 픽픽 웃으며 라면을 끓인다
열렬했던 족적이
계란 푼 라면 한 그릇 만큼의
위안도 주지 못한다는 걸 깨닫기까지
너무 오랜 시간이 걸렸다
가능한 확장되지 않은 언어로
시를 쓰려 했는데
라면에는 총각김치가 제격이라는 생각이
슬프다는 처음 시상을 방해한다
되찾고 싶은 것이 없기에 익명을 고집했지만
무엇에도 만족하지 못하는 습성은 버려지지 않는 것
끝끝내 라면 국물에 찬밥을 말까, 말까
고민하는 내가
슬프다

내란의 예감

겨울 바다 노을은
갈색 구름 뒤로 해를 수장시키지만
이내 수평선 너머로 쫓겨 나가고
하늘보다 짙은 밤바다 깊은 곳에서
채 꺼지지 않은 불길
간간히 숨을 내쉬곤 했다
바다는 조금씩 펄을 덮쳐 오고
눈이 내렸다
불만 없었다
어두워 오는 바다는 상상보다 고요했으며
적당한 두려움을 제공했다
그래서
분노하든 소리치든 무관심한
각자의 세계를 인정했으니
너는 내가 아니라고 치자

밤바다가 던진 농담

사우라스

눈이 온다
온전히 내리지 못하고
산산이 부서져 가루로 흩날렸고
대지에 앉을 기색 없이 하늘로 치솟곤 했다

새 한 마리 운다
지난 장맛비 속을 날던 그 새
피하지도 않고 나뭇가지에 의탁한 채
눈발을 뒤집어쓰고
가끔 날개에 쌓인 눈을 부리로 털어가며
외마디로 울 뿐이다

날은 어두워가고
쉬 그친다는 첫눈은 더욱 세차 오는데
이제 눈 속을 가른다
날아야 한다

집을 짓지 않았으니
멈출 수도 없는 노릇이었다.

카르마KARMA

첫째 칸 첫 문으로 내가 타면
둘째 칸 둘째 문으로 그가 내리고
둘째 칸 둘째 문으로 내가 내리면
마지막 칸 마지막 문으로 그가 타고

어쩌면 한 번도 만난 적 없는 당신

매일 당신이 내쉰 공기를 들이마시며
당신을 스쳐 온 바람을 느끼며
그리워한다

아마도 늘 함께 사는 당신

불안한 까닭

강은 강이기에 얼핏 보기 잔잔해 보여도 유속을 따라 하얀 배는 나름 흘러가고 있었다 떠 있는 대로 흐르는 배는 그게 할 일이라는 듯 자꾸 하류로 가는데 급할 것 없는 노란 옷의 사공이 배 한가운데서 가만히 서 있다 문득 거슬러 오르는 파란 배가 모터를 켜고 옆을 스쳤다 꽁무니 뒤로 물길이 갈리는 그림자가 늘어졌다 그 상류 쪽으로 해가 지려는지 겹겹이 보이는 산들이 흐려졌고 다시 물길 따라 내려오는 빨간 배와 또 거슬러 오르는 모터 켠 검은 배가 강물 표면에 길을 냈다.

디아스포라

비 오는 날 내어놓은 이삿짐
남루하구나
주방에선 잘 닦여 반짝이던 냄비도
바구니에 엎어져 불 자국이 선명하다
아무렇게 비 맞는 이불 보따리
꾸러미 책들도 한때는 신간이었다
헌 것의 쓸쓸함
손때의 허망함
새것을 들이지 않겠다
한곳에 묶일 수 있다는
꿈은 수정된다

우리 동네

1

어린이날 하루만 닫는
세탁소 아저씨는 언제나 등산복 차림이다
고급 등산화까지 신고 빨래 속을 등반 중인
그의 얼굴은 자못 북극적이다

2

날이 채 밝기도 전부터 매미는 방충망에 붙어
극악스럽게 울어 댄다
종일 지켜봐야 차도 사람도 다니지 않는 거리는 제
법 지루하기에
아이들은 매미 잡기에 열중한다
저런 허술한 방법으로 사냥에 성공할 수 있을까
그래도 이것 말고 무얼 할 수 있겠냐는 듯
땡볕에 그을려 간다

3

안개 철이 되면 안개는 덩어리째 낮게 밀려오는데
집으로 가는 길 가로등 수를 세어 놓지 않으면
길을 잃게 된다
그렇게 돌아오지 않는 사람들의 명단이
롯데 마트 정문에 붙어 있다

4

이곳에서 제일 성하는 곳은 간판 가게다
매일 간판이 내려지고 새로 달리는 건물들은
그래도 여전히, 언젠가는, 대박이 나고
집값이 오를 거라는 바람(오기일지도 모를)
사람들이 제발 더 이상 꿈을 꾸지 않았으면 좋겠다

5

가끔 해 지는 걸 보러 간다

육교를 네 개 넘고 공원을 가로질러 바닷가에 서면
섬과 섬 사이로 해가 진다
저 섬 뒤쪽에는 아직 해가 남아 있을까 건너가면
잡을 수는 있나
해처럼 물에 잠기는 것은 어떤 기분일까
아직 붉은 기운이 남아 있는 하늘로
투르크메니*아 국적기가 선회한다

*그런 나라는 없다.

신파적인

문을 열고 들어서는 그녀는
종일 연 날리고 돌아오는 소년 같았다

찬바람에 빨개진 볼과
찻잔을 감싸 잡은 두 손
차 향기를 바라보는 눈썹 그림자까지

내 우주는 좀 더 작아진다

그날 이후
그녀를 따라다녔다
그 눈썹 그림자가 자꾸 보고 싶어서
그늘을 골라 걷는 그녀
떨어져 함께 걷는 나

문득 그녀가 사라졌다
기별도 없이 이유도 모른 채 어디에도 그녀는 없었고

내 우주는 좀 더 작아졌다
고통이 남을 자리만 빼고

은행나무

수녀원 뜰 나무는
봄이 되자 순한 가지
담장 밖으로 내놓았다
가지치기를 해도
이내 밖으로 향하는
나무의 눈
세상이 감춰 둔 비밀보다 아름답다

사람들이 담장 안을 기웃거리듯
높은 가지 부추겨 시정을 그리워했으니
철문은 수녀복만큼 닫혀 있지만
작은 바람에도 흔들릴 줄 아는 가지

우又

운다
세월이 지나도 마르지 않은 눈물 곁에서
통곡하면 통곡을 받아
오열하면 오열을 따라
함께
운다

얼굴도 모르는데 이름도 모르는데
같은 해에 태어나서
그대는 그때 떠나고
나는 지금껏 살아남아

얼굴도 모르는데 이름도 모르는데

　　　　미안하다
　　　　미안하다

그때보다 더
미안하다.

남천을 건너거든

괜찮아요
미안해 하지 말아요
더운 말 피 묻고
그 자리에 내 머리카락도 베어 묻고
북쪽으로 떠날까 합니다
발이 터지고 남루해진들
치유되지 않는 무섬증만 할라구요
아침을 기다리는 새처럼
애태우지 않으려 했지요
귀밑머리 부드러운 아이 하나 얻어
노래나 불러주며 그네나 밀어 주며
숨어 살고 싶었지만
우주에서 만나는 두 줄기 빛과 같이
서로를 통과하는군요
하지만 괜찮아요 당신
무리에서 뒤쳐져 날갯짓 힘겨운 기러기를 보거든
긴 눈길 한번 주세요

　기린은 하루 두 시간 정도 잔다고 한다. 그 큰 몸집으로 늘 수면 부족에 시달린다니 가엾다. 반면 코알라는 스물 두 시간을 잔다고 한다. 평생 잠으로 대부분을 보내는 코알라의 존재 의미가 그저 귀여운 것 뿐이라면 그 또한 가엾다. 기린은 그 짧은 잠 속에서 무슨 꿈을 꿀까? 코알라는 그 긴 잠속에서 내내 꿈으로 현생을 살지도 모를 일이다. 성진은 꿈속에서 수십 년을 산 후 인생이 무상하다는 걸 깨달았다고 했다. 인생은 일장춘몽. 가끔은 지금 이 삶이 누군가의 꿈일지도 모른다는 생각을 하곤 한다. 아니라는 증거가 없지 않은가? 꿈 밖에서는 진실로 내가 좋은 사람이었으면 좋겠다. 그리고 이 꿈이 좋은 꿈이었으면 한다.

2020년 겨울
금등지사가 열리고
양선

되돌아보는 영혼

이민호(시인·문학평론가)

1. 희미한 옛사랑의 그림자

1990년대 초였을 것이다. 소련이 무너지고 동유럽이 도미노처럼 이념을 걷어찰 무렵이었다. 과녁 잃고 흔들리던 화살이 순식간에 곤두박질쳐 땅에 쑤셔 박히던 때였다. 한낮인데도 우리는 신촌 어느 막걸리집에 모여 술추렴을 했다. 모두 할 일이 없었기 때문이거나 갈 곳이 없었을 것이다. 사실 기억은 정확하지 않다. 다만 몹시 추웠다. 그것이 몸이 떠올리는 전부다. 어쩌면 끓는 여름이었을지도 모르는데 나날이 궁핍했다. 1980년대를 거쳐 왔던 이야기를 하지 않기로 했는지 우리는 오직 시詩 얘기만 했다. 그것이 무언지도 모르면서 앞으로 살아갈 새로운 표적이라도 된 듯 불나방처럼 달려들었다. 그 자리에 양선도 있었다.

그로부터 삼십 여년, 우리 중 누군가는 등단을 하고 팔리지 않는 시집을 몇 권씩 냈지만 이제 더 이상 시를 입에 담지 않는다. 시를 쓴다는 사실을 그때나 지금이나 천연덕스레 말하지 못하는 위인들이기도 하지만 이제 우리는 누군가의 아내로 남편으로, 부모로 살아가는 일에도 힘겨운 나이가 되었다. 그런데 그 묵은 그림자를 양선이 들고 왔다. 별것 아닌 것처럼 미운 자식인 듯 더 이상 싸안고 있을 수만은 없다는 얼굴로 꽁꽁 동여맨 매듭 한쪽 끝만 풀어 주었다. 나머지 매듭을 풀 때 창가에서 내리치는 햇살이 켜켜이 쌓인 시간의 먼지를 비추었다. 소용돌이치며 꿈틀대는 구렁이 비늘이 희미하게 반짝거렸다. 그 이후 얼마 안 있어 양선은 문예지 신인상을 받으며 등단을 했다. 맡겨 둔 보따리 주인으로 행색은 갖춰야 한다는 결벽일까.

양선의 이번 시집은 서너 권의 시집에서 뽑은 선집이라 해도 무방하다. 이 기나긴 시간을 한 가지 논리로 꿸 수는 없다. 한결같은 것은 없기에 부침을 거듭했을 시간의 궤적을 탐색하는 일은 힘겨운 여정이 아닐 수 없다. 어떤 식으로 여독을 풀지 자못 궁금하다. 그러므로 이 시집은 산책 삼아 읽기를 앞서 권한다. 그의 시집은 다면체 프리즘이다. 그것을 통해 굴절되고 분산되는 삶의 꿈틀거림을 보게 될 것이다. 희미한 옛사랑의 흔적과 천천히 마주하는 순간 설레며 매운 먼지 가득하리라.

양선은 되돌아보는retrospective 자다. 그러나 단순히 과거 회귀적 존재가 아니다. 그는 어디론가 가던 길이다. 그 도중에 오던 길을 다시 바라볼 뿐이다. 시간은 과거에서 흘러와 미래로 가는 게 맞는가. 그렇다면 오늘 지금은 무의미하다. 곧 사라질 시간이기 때문이다. 그래서 아리스토텔레스도 시간이란 헤아리는 영혼이 없이는 존재할 수 없다고 하지 않았던가. 우리가 과거를 살지 않았다면 다가올 미래를 살 수 없다면 그 시간은 영혼 없는 숫자에 불과하다. 거기에 오늘이 있는 것이다. 후설은 철학적으로 시간에 관해 사색한다는 것은 결론 내릴 수 없는 의식의 '되새김질'과 같다고 했다. 이 의미 없는 시간의 반복을 삶生이라 한다면 목숨命은 너무 허무하지 않은가. 이때 시인은 어째야 하는가. 고백하는 일밖에 없다. 마음속에서 과거의 현재, 현재의 현재, 미래의 현재로 존재하는 나밖에 없다는 아우구스티누스의 고백을 따라야 한다. 시인은 기억하며 직감하고 기대하며 시의 뼛조각에 기울고 차오르는 달의 행로를 새겨 넣는 자다. 양선의 시집은 그 달의 뒤편이다.

2. 가장 아름답던 시간의 뼛조각

프랑스 중부 아브리 블랑샤르^{Abri Blanchard}의 동굴
바닥에서 뼛조각이 발견됐다. 이만 년 전 쯤 돼 보이는
뼛조각에 달의 지속과 변이가 새겨 있었다. 고고학적
으로는 인류 최초의 시간 표시라고 한다. 이는 시간을
세는 단위로 여기는 최초의 인식이다. 그러나 인간은
이보다 앞서 시간을 체감하지 않았던가. 원시인이 살
았던 시간은 단지 숫자에 불과하지 않다. 오늘도 생성
과 몰락을 반복하고 있기 때문이다. 뼛조각에 새겨진
시간의 흐름보다 달을 따라 마음을 옮겼던 순간들이
슬프고도 아름답게 떠오른다. 이 숭고함은 우리의 미
래를 미리 보여준 결과이다. 그처럼 뒤돌아보는 자는
예언자적 존재이다. 양선의 시집 또한 그의 생애 한때
를 지배했던 경이로움과 두려움의 시간을 새긴 기록
이며 현재의 삶 속에서 재생하며 내일을 먼저 살게 하
는 시적 상상력의 표현이다.

양선에게 가장 아름다운 시간은 역사적 시간이다.
역사적 악몽을 구체적으로 적시하지는 않지만 반복된
잠의 행로 속에 잠재돼 있다. 양선의 시간은 장자의
시간처럼 분별을 넘어 총체적 시간 속으로 수렴된다.
잠듦과 깨어 있음의 구분이 모호한 자기 분열을 겪고
있는지도 모른다. 하지만 그조차도 가장 아름답던 시

절의 재현을 꿈꾸는 시적 발로라 할 수 있다.

　　과거 속에는
　　명동 성당 앞에서
　　잡은 손 놓친 뒤 연락 끊긴 친구처럼 잊혀진
한 시절 희미함과
　　　　　　　　―「과거는 흘러갔다」에서

　　서둘러 모이는
　　한때는 동지
　　때론 적
　　어쨌든 지금은 전우
　　다행히 다시 만나 반가운 안부를 묻는다

　　　　　　　　　　　―「부음」에서

　　내게도 어쩌면
　　당당히 세상과 만나려는
　　시도가 있었노라
　　지배하거나 위압하는 산맥을 향해 내닫던
　　의지도 있었노라
　　　　　　　―「때 이른 매장」에서

그만 돌아오라고 기별이 온다

늘 가던 술집에서 긴 술자리 끝내지 않았으니

이제 와 함께 하라고 한다

— 「낡아 가는 중」에서

이러한 시적 상황은 꿈인지 생시인지 구분할 수 없다. 과거이면서도 오늘 눈앞에 벌어진 일처럼 생생하다. 가장 아름답던 시절로 돌아가 친구의 놓친 손을 잡아 주어야 한다는 시간의 부채 때문에 변화하는 세월을 딛고 새롭게 의지를 다지자는 호명이 양선에게는 환청으로 들린다. 이 혼돈의 공간에 희미한 옛사랑이 있었다. 양선은 그 첫사랑을 친구라 부르기도 하고 동지라 부르기도 한다. 어떤 이름이었건 되돌아본 시간이 양선의 시에 그림자를 드리우고 있다. 그 첫사랑은 곧 자기 자신이기도 하다. 시인은 그 시절을 가장 아름답다 여기는 것이다. 이유는 분명하지 않다. 사실 알 필요도 없을 것 같다. 우리 모두 설명할 순 없지만 마음속으로 손꼽는 순간이 있지 않았던가. 이 순간들은 신파처럼 양선을 에워싸 기시감을 불러일으키는 서사의 원천이 된다.

되돌아보는 일은 시간이 기입한 장부를 펼쳐 보는 행위와 같다. 그 시간의 장부에 베르그송은 앞말을 하나 덧붙였다. '무언가가 살고 있는 곳에는' 시간이 기입하는 장부가 있다고. 그처럼 양선이 되돌아보는 그 지점에 무언가가 살고 있었다. 베르그송은 뒷말 또한 덧댄다. 시간이 기입하는 장부가 '어딘가는 열린 채로 있다.'고. 그러므로 양선 시집은 그가 뒤돌아보며 뒤적거린 시간의 적층이다. "우리가 살았던 곳에는 시간이 기입하는 장부가 어딘가는 열린 채로 있다."는 신탁을 듣고 오늘의 시간이 쓰는 장부 위에 자기 삶을 올려놓는 일이 그의 시 쓰기이다.

분명 내 生 중 한번은
그곳의 원주민이었을 것이기에 그리하여
바람과 색색이 날리는 깃발이
늘 그리운 것이기에
그 산에서 죽었으면 해요

나를 떠올릴 만한 것은 모두 태우고
추억해 줄 아무에게도 알리지 않고
바람 가장 세찬 날
육신을 갈라
골짜기 산등성이 어디든
흩뿌려지게

독수리나 까마귀
영혼을 조각내 날려 줄 수 있다면

이번이 마지막이 되도록
그 산으로 떠나려 해요

수많은 生 중 단 한번
사랑받고
나
가요
　　　—「천장天葬」 전문

　　열린 채로 놓인 시간의 장부로 들어가면 시인이 그
리워하는 공간이 펼쳐진다. 힐턴의 소설 『잃어버린 지
평선』에 나오는 샹그릴라처럼 신비롭다. 그 깊은 산속
으로 돌아가려는 뜻은 전 생애를 통해 가장 아름답
던 시절로 돌아가려는 욕망이다. 그 이상향은 끊이지
않는 바람의 나라이며 형형색색 아우성치는 존재들의
거처이다. 시인은 적강謫降한 존재다. 머리 위를 선회하
는 독수리가 그 증거이다. 한때 차원을 넘나들었던 김
종삼의 독수리처럼 시인의 본적지에 거주한다. 불행
한 시인 네르발은 독수리를 우주의 카오스를 불러오
는 절대자로, 천상의 지배자로, 상부 세계의 숭고한 존

재로 여겼다. 수많은 영혼들이 그 새에 존재하니 그가 스스로 생을 마감한 근거였다. 죽음은 되돌아갈 수 있는 길을 여는 일이기 때문이다.

이처럼 양선은 독수리를 통해 영혼을 다시 얻고 재생하는 신화를 이 시에 적었다. 시인은 유배당한 자로서 언제나 다시 가장 아름답던 때로 돌아가길 꿈꾸어야 한다는 믿음 때문이다. 그도 샹그릴라 신드롬을 앓고 있는 것이다. 그렇기에 현재의 삶은 무미건조하다. 오늘날 시인이 겪는 육체의 상실도 존재의 실종도 대수롭지 않다. 삶의 고통을 느끼지 않는 이 무통 행로를 어떻게 지속할 수 있는지. 시인의 가장 큰 비극은 사랑의 일회성이다. 영원한 사랑을 추구하지만 결코 누릴 수 없다는 근원적 슬픔이 이 시집에 흐르고 있다.

3. '당신'의 프리즘

양선에게 가장 아름답던 시절이 역사적 시간이었듯이 되돌아보는 시간 속에 역사적 자아가 동거한다. '당신'이란 이름으로 수없이 변신하는 존재가 있기에 되돌아보는 그 시간이 가장 아름답다. 현재의 무의미한 시간들은 그 존재의 부재 때문이다. 그러므로 잠들 수밖에 없다. 꿈은 현실을 초월하는 공간이다. 양선의 시는 그 길로 계속 가고 있으며 그러다 뒤돌아보는 것이다.

> 당신을 안는다
> 내가 가장 가엽던 기억
> 나 드디어 여린 풀이 된다
> 물결대로 몸 맡기는 해초가 된다
> 저항 없이 흩어지는 꽃잎이 된다
>
> ―「전갈자리」에서

당신은 시인을 무장 해제시킨다. 이때 역사적 자아는 사적 자아로 변신한다. 마침내 시인은 '풀과 해초와 꽃잎'의 시간으로 전이돼 옮겨 간다. 가장 아름답던 시절은 역사적 시간이기도하지만 역사 속 개인에게는 악몽이기도 하다. 이 아이러니가 양선 시의 주조라 할 수 있다. 되돌아보는 그 시간은 가장 빛났지만 또한 가장 비극적이기도 하다. 역사의 시간 속에 그의 시간은 서술되지 않기 때문이다. 자기 연민에 빠진 시인을 구출하는 존재가 당신이다. 이 영웅적 서사를 양선의 시도 품고 있다.

당신 때문에 변화된 자아의 시간은 '풀과 해초와 꽃잎'이 자연에 거스름 없이 생명을 유지하는 무위의 세계다. 비로소 역사적 자아에서 벗어나 자기를 찾는 시간이다. 하지만 당신과의 교섭은 과거의 시간에서 나를 소환해야 한다는 조건이 있다. 가장 축소된 나와 대면하는 일이다. 그래서 당신과의 만남은 상승과 하강을 반복하는 달의 시간을 닮았다. 이 간극을 위무하는 길은 양선에게 잠드는 일이 유일하다. 그 공간은 달의 뒤편이기도 하다. 그 곳에서 변주된 당신과 만나고 있다.

내 혈통이 물었지
뜨겁게 살지 못해도 좋으냐고

매일 죽어 가면서 살아간다고 말하는 그대

— 「영원하라」에서

체 게바라의 변증적 삶을 인유한 시다. 죽음에 앞서 달려가려는 혁명적 자아를 양선은 다성적인 '당신' 속에 간직하고 있다. 삶과 죽음의 단선적 시간을 역전시키며 유토피아를 향해 질주하는 족속이다. 이러한 '당신'은 다음 시에서처럼 철학적으로도 변주된다.

참고 견딘 고독과 맞서 싸운 환상은 그만의 것
세상에 돌 하나 던질 힘 남지 않았네

…중략…

이제 우리가 그에게 이렇게 말하네
견디는 거라고
오래 살아남았다가 싫다고 말하는 거라고

— 「니체에게」에서

현실을 환상으로 돌리는 힘은 철학적 사유다. 꿈꾸
는 일이기 때문이다. '당신'은 니체의 견인주의적인 면
모를 하고 있다. 니체가 던진 화두를 따라 양선은 이
시집에서 잠으로 향하는 길의 주제학을 펼치고 있다.
그러나 이 철학적 수용의 시간은 강하게 부정된다. 니
체 자신도 그런 시간을 살지 않았기 때문이다. 철학
속에 시를 담았던 니체처럼 '당신'은 시적 자아로 또
변주된다.

첫사랑이 사준 『나의 칼 나의 피』에는
김남주가 살아 있다 46년생이라고 남민전 사
건으로 복역 중이라고
그런 줄 알았지
수정되지 못한 연보를 읽으며

시간이 흘러도 유효한 것들이 있다고 믿고
싶었다
　　　—「과거는 흘러갔다」에서

　시는 양선에게 첫사랑과 같은 것이다. 김남주가 그
의 첫사랑이라 고백한다. 비록 세간의 말들이 흉흉하
여도 첫사랑의 기억은 유효한 것처럼 시인의 모습은
불멸하는 영혼으로 남길 바란다. 김남주와 더불어 칠
레 시인 아리엘도 그의 또 다른 자아다(시「머릿속 그
림」에서). 이들은 모두 시인이며 전사였다.

추위는 벽을 넘지 못하고
방 안은 따듯하건만
지도를 펴 숨을 곳을 찾는다
　　　　　—「겨울밤」에서

　역사적 시간의 주재자로서 '당신'은 듣는 사람. 들어
주는 사람으로 형상화된다. 그러나 단절된 시간 속에
존재할 뿐이다. 되돌아볼 수 없는 한계에 부딪힐 때마
다 시인은 단호하게 자기를 부정한다. 그것은 시 속에
서 페르소나의 거부(시「박쥐는 박쥐다」에서)로 나타나
거나 자학적 태도(시「내 영혼은 어둡다」에서)로 드러난
다. 이는 역사적 자아로부터 유리된 사적 자아의 시간

이 지배하는 세계다.

이 시집 곳곳에는 동일성identification을 상실한 유폐된 자아가 매장돼 있다. 그것은 유예된 시간이며 혼자 사는 형국이며 돌아갈 수 없는 불우한 양상이다. 시적 자아가 자초한 일이라 고백하기도 한다. 당신의 존재는 이제 되돌아볼 수 없다. 현재로 돌아오지 못하는 존재다. 이 단절은 참을 수 없는 고통이다. 양선은 지금 그의 아바타들에게서 망명한 상태다. 오늘을 사는 그의 삶이 신파극처럼 마무리되지는 않겠지만 그조차도 아무렴 어떤가. 그가 가던 길에 시가 동행하지 않았던가.

4. 나와 '나'의 지속

사는 것과 시간이 흐르는 것과 시를 쓰는 것은 순간순간의 차이를 극복하며 나를 지속해 가는 일이다. 영원을 향해 가는 일이다. 시인은 그 시간의 길 위에 서 있다. 그리고 나아간다. 양선의 시 쓰기는 시간을 끌어 모으는 지속적 작업이다. 이러한 삶의 양상에 대해 베르그송은 계속해서continuellement 부풀어 오른다고 말한다. 자기 자신을 가지고 영혼의 눈덩이를 굴려 거대한 눈사람을 만드는 일이다.

양선의 시는 간당간당한 삶의 마디를 이어 가려는

결과물이다. 울울창창한 대숲이 별개 생이 저마다 우
후죽순 자라난 것처럼 보이지만 실은 모두 한 가지 뿌
리를 둔 태생이라 하니 뜻을 같이 했던 사람들은 그냥
헤어져 흩어져 사는 것이 아니라 끊임없이 번져 가는
가운데 궁극적인 사랑을 맺는 것이다. 그 뿌리 중 한
사람이 곧 나의 '나'이다.

비가 오지 않았다 비 내리지 않는 밤 깨어나는 것
은 외로운 일이다 태초부터 그랬듯 잠은 아직 몸에 올
라타 있다 끈적한 잠이 머리채를 잡는데 그럴수록 의
식은 뚜렷이 떠올라 징처럼 울려 대고 내 귀로 심장
박동을 듣게 하고 뼈마디가 쑤시고

내 속에선 나 혼자 연좌한다

세상은 평안히 잠들었다
고통을 무시하며 사는 법을 터득했는지도
모른다
사람은 모질거나 무감동한데
그도 저도 아니어서 밤에 깨어나는 일이 잦
아지면
세상에 편입하지 못하는 건 아닐까
밤만 되면 나를 의심하게 된다

그럴 때면 손끝이 저려 온다

나는 내가 불쌍하다

돌아눕는다 모로 눕는 것은 외로운 일이다
어슴푸레한 빛에 손가락을 비춰본다 어둠 속
에서 손가락을 보면 아직 살아 있다고 안도한
다 아무것도 확신하지 않는 불감이 이끼로 덮
이고 그럴수록 잡히지 않는 무엇인가 찾아 정
착할 수도 떠날 수도 없는 나는 나를 연민하고
싶다 내 안에 갇혀 위로하고 싶다

— 「금등지사金縢之詞 –장헌莊獻의 마지막 밤」 전문

금등지사는 영조가 사도 세자 죽음의 정황을 쓴 글
이다. 그러나 이 텍스트는 당대에 읽히지 못하도록 매
장된다. 역사적 악몽이다. 그러나 언젠간 드러날 시간
의 적층이기도 하다. 양선이 이 서사를 인유하고 사
도 세자를 자화상으로 삼은 이유이기도 하다. 사도 세
자가 뒤주 속에 유폐된 그 시간을 양선은 뒤돌아보고
있다. 세상과 차단된 채 죽음을 맞았던 것처럼 양선도
삶이란 그런 것이 아닐까 예감한다. 그래서 삶은 신파
극처럼 정해진 수순을 밟아 가는 초라한 텍스트로 남

는 것은 아닌지. 그렇게 뒤돌아보다 다시 앞을 보면 삶은 결박된 채 끝나서는 안 된다는 또 다른 의식과 만나는 것이다. 이 이중적 행위가 그의 시 쓰기이다.

양선의 시 쓰기는 오랜 시간을 거쳐 오늘에 이르렀다. 이 시집은 할머니 손에 놓았던 버들채 농籠과 같다. 시간의 비늘이 차곡차곡 쌓여 있다. 함을 열고 마주하는 시들이 금등의 진실처럼 극적이지는 않다. 그만큼만 뒤돌아보게 개켜 있다. 그의 시는 뒤주에 가둔 나를 다시 세상에 드러내는 일이다. 정조는 아버지를 기려 사도 세자를 장헌이라 추종하였다. 그 순간 사도 세자는 또 다른 '나'로 시간을 가로질러 재생했다. 양선도 그런 생의 지속을 꿈꾸고 있다. 거기에 뒤돌아보는 자의 영혼이 깃들어 있다. 🚶

매혹시편 2

꽃 진 자리 모로 눕다

1판 1쇄 펴낸날 2020년 12월 30일

지은이 양선
펴낸이 이민호
펴낸곳 북치는소년
출판등록 제2017-23호
주소 10442 경기도 고양시 일산동구 일산로 142, 427호(백석동, 유니테크빌벤처타운)
전화 02-6264-9669 | **팩스** 0505-300-8061 | **전자우편** book-so@naver.com

디자인 신미연
제작 두성 P&L

ISBN 979-11-971514-3-9 03810